中空

鍵岡正謹

書肆山田

目次——中空

中空抄　前詩篇　*1993—2011*

草木花抄　俳句篇　*1993—2021*

中空抄　後詩篇　*2011—2021*

中空

中空抄　前詩篇　*1993—2011*

五十歳の繰り返し

1993.2.7

雲の端の　端の雲の
山の端の　端の山の
雲の山の　山の雲の

海の端の　端の海の
岸の端の　端の岸の
海の岸の　岸の海の

年の先の　先の年の
馬の先の　先の馬の

年の馬の　馬の年の

命の先の　先の命の
草の先の　先の草の
命の草の　草の命の

僕はこうして五十歳になりました
ああ！　半世紀の早さよ
半ばの中途の生の中空の繰り返し

西へ今朝

1993.4.13

（ほんの）少しばかり覗く日常
（ほんの）少しばかり射しこむ黒光
斜光の朝
新宿ビル群を遠く望み
希望が斜めに
旅立つは今朝

＊

西の方を目指す

わが旅は
妻と子らを残して
春雷が
行け！　と叫ぶ
江戸湾は早や夜
はるかに電光《ネオンサイン》の帯
右に左に揺曳する夜の都会

＊

船室のほのかな灯り
満月を肴にウィスキーを飲む
孤独なエンジン音は
わが心臓に呼応する
（ドクドクドク）

出立の音がする
出立の韻律《リズム》を刻む

ゆるやかに、時よ

1993.5.15

ゆるやかにすぎゆけ、時よ
山並のかすかな稜線に
谷間に息づく村落に
海風が強い住宅に
ゆるやかに、時よ

ゆるやかにころがれ、時よ
背の低くどっしりした男子に
のっぽで鼻のたかい女子に
まろやかにお喋りする学生に

ゆるやかに、時よ

ゆるやかにゆっくり、時よ
恋人たちは優雅に舞いて
子供たちは律儀な姿をして
大人たちは酒を傾けて
ゆるやかに、時よ

ゆるやかにまろやかに、時よ
トンボが（ほれ）上空をよぎりて
チョウが（あれ）石壁に舞いて
アリが（やれ）植木に登る
ゆるやかに、時よ

ゆるやかにひそやかに、時よ

鯨は悠然と泳ぎ去り
鰻の幼魚は河口に群がり
鮎が清流を横切り
ゆるやかに、時よ

ゆるやかにたわやかに、時よ
宇宙の涯にきて
位相幾何学が狂い出し
台風の幾夜が猛りきて
ゆるやかに、時よ

ゆるやかにこともなく、時よ
あねさん女房にゴメンナサイ
道路工事はスミマセン
追放された一言主はドンマイ

ゆるやかに、時よ

撓やかに宇宙は回転している

寝つかれぬ夜は

1993.6.1

寝つかれぬ夜は
夜を更かして
朝起き雀の声聞いて
寝ぼけ眼の猫　あくびひとつ
大きな口とかわいい舌と
寝つかれぬ夜は覚め

寝つかれぬ夜は
相手かまわずファックスを打ち
無機質な送音が

なまめかしい声をあげ
つるつる紙を巻きとり
寝つかれぬ夜を打ち

寝つかれぬ夜は
人類の救済をデザインし
地球号の舵をとり
桃花源の地図を作成し
あれ！　一番電車が走るよ
寝つかれぬ夜に働き

寝つかれぬ夜は
女房の鼾につきあい
息子の夢を想像し
娘の寝顔をそっとのぞきこむ

平和な平成の夜だこと
寝つかれぬ夜は想う

寝つかれぬ夜は
テレビのアンテナに来迎をまち
電信柱の歩行を助け
電線にとまってみたり
寝つかれぬ夜はいそがしい

かくして生は刻まれる

大きな背中

1993.6.15

大きな背中に
震える魂をささやかに抱えこみ
軀体を動かせよ、君
二人も三人も何人も
多様を転ばせ
元気　勇気
勇気　元気
朝ぼらけの国境
顔々々々
言葉は先祖を憧れて

踏台からジャンプ
神棚　天文台　水屋　台場
迷い子札をつけて
捜されているのは誰、俺、己れ
俺のなかの己れ
の国境に
消えてしまった
描かれていない
白紙の
白痴の
白昼の
コトリと音する
大きな背中に

荒れる海に荒れる――T・Hに

1993.7.27

海よ海よ荒れよ
絶壁にぶつかれ
（空は黯く歌い）
人に荒れよ

海よ海よ荒れよ
樹木を揺るがせ
（山は青黒く沈黙する）
市井に荒れよ

山の端の崖のなか
白椿荘の主人は
荒れる海に精神でなだれこむ
木口に刻みつけるカルパ
　立ちのぼる木霊

海よ海よ荒れよ
水平線に宇宙はとりつき
劫《こう》は白黒に酔いつづけ
垂直に立ちのぼる魂の刷り込み
生は荒れる海に荒れる

はじめての冬のように

1993.12.25

冬
早や夕陽
小雀たちの囀りが
インディアン・サマー
をおしむ

僕は人間の早熟と
田舎の活力について
思念を垂れ
思考の飛行と人間の存在

の交錯する一点を凝視する
われらの自由と
われらの不自由と
恋人たちの過激
を嬉ぶ

森の湖の寂寥と
大海原の沈黙を
比較研究する
サンジカリズムとテロリズム
のリズムにのりのり
ステップを踏みふみ
影を踏みしめない
アヴァンギャルドな心意気
に身を傾ける

差し出された言葉の束が
皿からこぼれ落ちないよう
緊張する肘に
僕らの日々を掛けよう
はじめての冬のように

偶然性の音

1994.2.10

粋なクキシュウゾウさんが、偶然性の誕生する音を聞いたとさ。

ピシャリ
ポックリ
ヒョコリ
ヒョット
フット
に
スルリ

＊

ぼくはトサ行きが決まって、運命の偶然的必然性の音を聞いた。
コラコラ
ヒラヒラ
ハラハラ
ドキット
フヘエ
に
スルリ

惚けたオノマトペ

1994.2.28

自分が自分で居られるの
（グラグラ）
君が君でいるので
（ヨシヨシ）
男の背中に男をみつけ
（グズグズ）
女と正面しておじけづき
（ワナワナ）
白夜に落雷を聴き
（スヤスヤ）

椋鳥をうたったり
（キイキイ）
紫式部を咲かせたり
（ヤスヤス）

あちらに居られるのは
（ホレホレ）
こちらに居られるのは
（ハイハイ）
ながめまわして
（クルクル）
円座に組んでいるのは
（アレアレ）
夜が明ける
（ボチボチ）

通りに面した二階家の
小窓を開けた小娘を
（ジロジロ）
通りゃんせを唄う
路地も消えてしまい
（ソウソウ）
トンボ釣りの少年の
丘も山も星も消え
（ヤレヤレ）
街から村から
子供が消えた
（カラカラ）

飛んでくるのは

●書肆山田版詩集

相澤啓三　羊歯の谷間で　二八〇〇円
相沢正一郎　パウル・クレーの〈忘れっぽい天使〉をだいどころの壁にかけた　二七〇〇円
青山雨子　匙　二五〇〇円
秋山公哉　蹲るもの　二五〇〇円
朝倉勇　朝　二五〇〇円
浅山泰美　ミセスエリザベスグリーンの庭に　二五〇〇円
阿部宏慈　柄沼、その他の詩　二七〇〇円
阿部はるみ　からすのえんどう　二五〇〇円
阿部日奈子　素晴らしい低空飛行　二五〇〇円
天沢退二郎　南天お鶴の狩暮らし　二八〇〇円
安藤元雄　樹下　二四〇〇円
池澤夏樹　「メランコリア」とその他の詩　二四〇〇円
生駒正朗　春と豚　二五〇〇円
石井辰彦　ローマで犬だった　三〇〇〇円
糸井茂莉　ノート／夜、波のように　二五〇〇円
伊藤勳　虚明　二七〇〇円
稲川方人　君の時代の貴重な作家が死んだ朝に君が書いた幼い詩の復習　二七〇〇円
いのうえあき　紡錘形の虫　二六〇〇円
入沢康夫　キラキラヒカル自選ライトヴァース集　二五〇〇円
岩成達也　風の痕跡　二四〇〇円
宇佐美孝二　森が棲む男　二五〇〇円
江代充　梢にて　二五〇〇円
大高久志　雨に翳り　二五〇〇円
岡田哲也　茜ときどき自転車　二五〇〇円
奥間埜乃　黯らかな静寂、すべて一滴の光　予二五〇〇円
長田典子　おりこうさんのキャシィ　二二〇〇円
鍵岡正謹　中空　予三〇〇〇円
粕谷栄市　鄙唄　二八〇〇円
金石稔　星に聴く　二五〇〇円
唐作桂子　川音にまぎれて　二四〇〇円
川口晴美　やわらかい檻　二四〇〇円
菊地隆三　いろはにほへと　二八〇〇円
木村迪夫　村への道　二五〇〇円
季村敏夫　膝で歩く　二六〇〇円
倉田比羽子　種まく人の譬えのある風景　二五〇〇円
黒岩隆　あかときまで　二二〇〇円
小池昌代　地上を渡る声　二五〇〇円
高啓　二十歳できみに出会ったら　二五〇〇円
小林弘明　F・ヨーゼフ　二六〇〇円
佐々木幹郎　砂から　二八〇〇円
さとう三千魚　貨幣について　二四〇〇円

塩嵜緑庭園考二五〇〇円
清水哲男換気扇の下の小さな椅子で二二〇〇円
白石かずこ浮遊する母、都市二六〇〇円
神泉薫あおい、母二六〇〇円
鈴村和成黒い破線、廃市の愛二六〇〇円
鈴木東海子桜まいり二四〇〇円
鈴木志郎康とがりんぼう、ウフフっちゃ。三〇〇〇円
関口涼子グラナダ詩編二四〇〇円
高貝弘也露光二五〇〇円
高橋順子海へ二四〇〇円
高橋睦郎何処へ二八〇〇円
高柳誠フランチェスカのスカート二六〇〇円
財部鳥子氷菓とカンタータ二六〇〇円
瀧克則道隠し二五〇〇円
建畠晢零度の犬二六〇〇円
谷川俊太郎・正津勉対詩一七五〇円
辻征夫かぜのひきかた一六〇〇円
辻征夫絵本摩天楼物語二八〇〇円
時里二郎石目二八〇〇円
中江俊夫かげろうの屋形二八〇〇円
中上哲夫エルヴィスが死んだ日の夜二〇〇〇円
中村鐵太郎ポンパドゥール三〇〇〇円
新延拳経験の定義あるいは指の痛み二五〇〇円
西元直子くりかえしあらわれる火二二〇〇円
野村喜和夫薄明のサウダージ二八〇〇円
ぱくきょんみ何処何様如何草紙二五〇〇円
服部誕息の重さあるいはコトバ五態二五〇〇円
林浩平心のどこにもうたが消えたときの哀歌二四〇〇円
林美脉子タエ・恩寵の道行二五〇〇円
平田俊子宝物二八〇〇円
藤井貞和神の子犬二八〇〇円
藤原安紀子アナザ ミミクリ二六〇〇円
細田傳造みちゆき二五〇〇円
巻上公一至高の妄想二七〇〇円
松浦寿輝秘苑にて二八〇〇円
松本邦吉灰と緑二四〇〇円
岬多可子あかるい水になるように二五〇〇円
村岡由梨眠れる花二七〇〇円
八木忠栄こがらしの胴二六〇〇円
八木幹夫めにはさやかに二六〇〇円
山崎佳代子みをはやみ二六〇〇円
山本楡美子森へ行く道二六〇〇円
吉増剛造裸のメモ二八〇〇円
李禹煥立ちどまって二八〇〇円

平出隆**多方通行路**二五〇〇円
石井辰彦**全人類が老いた夜**二五〇〇円
若林奮**I.W**――若林奮ノート 三〇〇〇円
矢野静明**絵画以前の問いから**二五〇〇円
メカス・村田郁夫**どこにもないところからの手紙**
コーノノフ・たなかあきみつ**さんざめき**二五〇〇円
高橋睦郎**歌枕合**二五〇〇円
吉増剛造・関口涼子**機**――ともに震える言葉二五〇〇円
ダルウィーシュ・四方田犬彦**壁に描く**二五〇〇円
デュラス・亀井薫**ガンジスの女**二〇〇〇円
ファーブル・宇野邦一**わたしは血**一八〇〇円
藤井貞和**詩的分析**三〇〇〇円
高貝弘也**白秋**二五〇〇円
ペルス・有田忠郎**鳥**二〇〇〇円
岡井隆**ネフスキイ**三五〇〇円
前田英樹**深さ、記号**二八〇〇円
吉増剛造**静かな場所**二五〇〇円
ファーブル・宇野邦一**変身のためのレクイエム**二五〇〇円
高橋睦郎**百枕**二七〇〇円
入沢康夫**ナーサルパナマの謎**二八〇〇円
笠井叡**カラダという書物**二八〇〇円
ラポルト・神尾太介**死ぬことで**二五〇〇円
鈴木志郎康**結局、極私的ラディカリズムなんだ**二八〇〇
岩成達也**誤読の飛沫**二八〇〇円
季村敏夫**日々の、すみか**二五〇〇円
山崎佳代子**ベオグラード日誌**二六〇〇円
バタイユ・吉田裕**『死者』とその周辺**二八〇〇円
笠井叡**カラダと生命**三二〇〇円
石井辰彦**逸げて來る羔羊**二八〇〇円
矢野静明**日本モダニズムの未帰還状態**二八〇〇円
池澤夏樹**ギリシャの誘惑**増補新版二五〇〇円
吉田裕**詩的行為論**二八〇〇円
高橋睦郎**季語練習帖**三〇〇〇円
石井辰彦**あけぼの杉の竝木を過ぎて**二八〇〇円

●

池澤夏樹**詩集成**二八〇〇円
伊藤聚**詩集成**七五〇〇円
岩田宏**詩集成**四五〇〇円
白石かずこ**詩集成**I五五〇〇円／II・III各六〇〇〇円
鈴木志郎康**攻勢の姿勢**1958-1971 四八〇〇円
高橋順子**詩集成**三五〇〇円
高柳誠**詩集成**I・II各三八〇〇円／III四二〇〇円
辻征夫**詩集成**新版四八〇〇円

●ガートルード・スタインの本
地球はまあるい（童話）二〇〇〇円
ファウスト博士の明るい灯り（戯曲）三〇〇〇円
地理と戯曲（小品集）三五〇〇円
●トリスタン・ツァラの作品
人間のあらまし（詩集）三二〇〇円
イマージュの力（美術論）三八〇〇円
詩の堰（詩論）四二二三円
狼の泉（詩集）三五〇〇円
アンチピリン氏はじめて天空冒険ほか三五〇〇円
七つのダダ宣言二〇〇〇円
ランプの営み（評論）二二〇〇円
●
J・メカスジョナス・**メカス詩集**三〇〇〇円
C・P・カヴァフィス**カヴァフィス全詩**三五〇〇円
ピエール・ガスカール**箱舟**二六〇〇円
ノエル・アルノー**ボリス・ヴィアン**六三一一円
P・J・ジューヴ**オードその他**三〇〇〇円
レミ・ド・グールモン**色づくし**三〇〇〇円
S＝J・ペルス**風**三〇〇〇円
M・ドゥギー**愛着**四八〇〇円
エズラ・パウンド**大祓**三四〇〇円
エズラ・パウンド**仮面**三四〇〇円
エズラ・パウンド**カンツォーネ**三八〇〇円
ジョン・アッシュベリー**波ひとつ**三〇〇〇円
J・メリル**イーフレイムの書**三二〇〇円
J・メリル**ミラベルの数の書**四五〇〇円
J・メリル**ページェントの台本上・下**各四八〇〇円
E・シットウェル**ヴィクトリア**三五〇〇円
E・シットウェル**凍るひ**三〇〇〇円
E・シットウェル**惑星の蔓**四八〇〇円
D・G・ロセッティ**いのちの家**四六〇〇円
北島ほか**億万のかがやく太陽**二五〇〇円
芒克（マンク）**詩集**三五〇〇円
北島ブラックボックス二八〇〇円
北島（ペイ・タオ）**詩集**四五〇〇円
パウル・ツエラン**ことばの格子**二五〇〇円
C・モルゲンシュテルン**絞首台の歌**三五〇〇円
P・ネルーダ**マチュピチュの頂**二五〇〇円
A・モンテロッソ**黒い羊 他**二〇〇〇円
A・モンテロッソ**全集 その他の物語**二五〇〇円
●谷川俊太郎の贈物
祝婚歌新しく始まる日々……その一番最初の日を祝う、東西の名詩選＊二五〇〇円

●打田峨者ん句集**骨時間**二四〇〇円
是永舜句集**間氷期**二六〇〇円
清水哲男句集**打つや太鼓**一八〇〇円
辻征夫句集**貨物船句集**一五〇〇円
馬場駿吉句集**耳海岸**三〇〇〇円
四ッ谷龍句集**夢想の大地に**
おがたまの花が降る二四〇〇円
吉岡実句集**奴草**二八〇〇円
私のうしろを犬が歩いていた―追悼・吉岡実三〇〇〇円
秋元幸人**吉岡実アラベスク**三八〇〇円
飯島耕一**俳句の国徘徊記**二〇〇〇円
市川政憲**近さと隔たり／存在する、美術**四〇〇〇円
入沢康夫**「ヒドリ」か、「ヒデリ」か**一九〇〇円
宇野邦一**物語と非知**二七一九円
岡井隆**『赤光』の生誕**三八〇〇円
岡井隆**鷗外・茂吉・杢太郎**四八〇〇円
岡井隆**森鷗外の『うた日記』**三二〇〇円
加納光於・瀧口修造**《稲妻捕り》Elements** 一二〇〇〇円
季村敏夫**災厄と身体**一八〇〇円
清水哲男**蒐集週々集**三三三一円
白石かずこ**詩の風景・詩人の肖像**三五〇〇円
高橋順子**恋の万葉・東歌**一五〇〇円
財部鳥子**猫柳祭**一八〇〇円
辻征夫**ゴーシュの肖像**二八〇〇円
辻征夫**ボートを漕ぐもう一人の婦人の肖像**一八〇〇円
辻征夫**ロビンソン、この詩はなに？**一六〇〇円
那珂太郎・入沢康夫**重奏形式による詩の試み**二五〇〇円
野村喜和夫**移動と律動と眩暈と**二五〇〇円
馬場駿吉**加納光於とともに**二〇〇〇円
馬場駿吉**意味の彼方へ**―荒川修作に寄り添って二〇〇〇円
林浩平**裸形の言ノ葉**二〇〇〇円
藤井貞和**言葉の起源**二四〇〇円
古井由吉**詩への小路**二八〇〇円
宗近真一郎**詩は戦っている。**
誰もそれを知らない。三〇〇〇円
水田宗子**白石かずこの世界**二八〇〇円
森内俊雄**空にはメトロノーム**二八〇〇円
八木忠栄**詩人漂流ノート**二〇〇〇円
時計の振子、風倉匠二五〇〇円
吉田裕**バタイユの迷宮**三二〇〇円
吉増剛造**静かなアメリカ**三八〇〇円
四谷シモン**NARCISSISME**三八〇〇円
和田忠彦**遠まわりして聴く**二六〇〇円

郵 便 は が き

〒171-0022

東京都豊島区南池袋2-8-5-301

書 肆 山 田 行

常々小社刊行書籍を御購読御注文いただき有難う存じます。御面倒でも下記に御記入の上、御投函下さい。御連絡等使わせていただきます。

書名

御感想・御希望

御名前

御住所

御職業・御年齢

御買上書店名

蜂か（ブンブン）
獣か（ガタガタ）
幻か（ユラユラ）

女房はお家で（グズグズ）
時差ぼけの頭で（クラクラ）
あの時あの人を想う（ワクワク）
寝がしらは（ウトウト）
深夜に目が覚め（ヤレヤレ）
散髪の帰りは（クタクタ）
絹ごし豆腐を持って（シズシズ）

螺旋の塔を（ノロノロ）登り
長い坂道を（グラグラ）歩き
一晩泊って（ホラホラ）なんぼ

二日酔いに（ゲロゲロ）した
なんたる惚けたオノマトペ
（シオシオ）

深呼吸——モノレールにて　1994.7.25

点々と都鳥が羽田の干潟に
昼下り
雨待ち雲
かつて天才だった雲は
動かず

自然と環境と気象について
雄弁に語る太っちょな人と
相席する

地を潜り海を潜り天を突き
モノレールは上下に左右に
カーヴは下手投げ

「雨が欲しいぃネ女もぉネ」
太っちょな人は
ごちる

リュウツウセンターをすぎ
空白の倉庫の群をすぎ
オオーイ競馬場をすぎ
永徳丸の提灯が揺れ
あれはヤマノテ線だろうか
テンノウズアイルは四番バースの友人
中華風アールデコの屋根を見下ろし

廃れた船宿の小屋をすぎ
長方形の鉄製陸橋がみえ
リキュウのハママツチョー

ひとつ腕まくりして
宇宙を深呼吸する
モノレールに深呼吸する
単細胞に唄をうたう

ブンチョードー

1994.12.13

ブンチョードー書店で
ディラン・トマスの詩集を買う夜は
カウンターバーに倚りかかり
ウェールズの凍えるボートハウスを想い
導火線の緑は点火し
飲みほし飲みほし
「よく味はふ者の血とならん」
シシトウ　レンコンに喰らいつき
ブンチョードー主人と祝杯をあげた

嗚呼!
見事な夜よ
ヨッパライのための夜よ
詩人のための夜よ
凍える魂もて
大通りの角を曲れば
大川
船頭が星座を見守り　夜の深さを測る
鉱山技師が飲む酒場
で歌うのは
ディラン　ディラン
サネアツ　タケノリ

夕暮れ

1994.12.25

夕暮れ
影が影を消去し
白紙に朱赤がほのかに加わり
李朝白磁壺に斜光がねばりつき
曖昧な時刻を刻み
精神に混沌を与え
君はもうひとりの君に入れ替わる
夕暮れ
緩やかなテンポの音楽は

空の隅に滞まり
書物の背文字は輝きを失くし
屹立する活字は
ファジーなひらがなを
緩やかに剝がし
僕はもうひとりの僕に入れ替わる
曖昧《ファジー》な夕暮れ
のなかの君と僕

歩行ノ原理——E・Oに

1994.11.17

＊

木ニ降リカカル雨
大地ヲ太ラセ
人々ノ魂ヲ太ラセ
暴レル風ニ
負ケナイ根ッ子
跳梁スル身軀ニ
山村ヲ斎ウ
農夫ノ真珠
土龍ノ骨

*

木ハ宇宙卵ヲ抱キ
年輪トナル
垂直ニ立ツ太古ニ
帰還スル蜻蛉ノ
秘ヤカニ岩トナル恋
隠サレタ時ノ名残リニ
目ヲ瞠ル杣人ト獣ハ
森ヲ軽ヤカニ散歩スル
永遠ノ音ノ朝

*

友ヨ
共ニ働イタ日々ガ

泡トナリ
混沌トナルコトノ
不可思議ナ
〈地球生成説〉ヲ
微笑ミナガラ
聴講シナガラ
大股デ歩コウ

＊

虚シク行ク
流木タチッタラ
漣ヲセカセタ
小枝ノ心臓ニ
ソラミツ土佐ノ
海山ノドス暗イ

空舟ニ
ヒト振リノ雲
炫火ノ夢ヨ

＊

ヒトカカエノ木ノ瘤ハ
天人族ノ住ム水煙ヲ
天邪鬼ガ持チアゲル
処女航海ノ卓上ニ置ク
感嘆スル空気層ヲ
切リ裂ク閃光ノ朝ニ
兀立スル精神
森カラノ贈物ハ
我ラノ現前

海の外の天　三ツ

1995—2001

シャンティニケトン
爽やかな曇天の朝
スコールのほしい昼
秘やかにまとわりつく夜
献花は地の恵み
天へのささげもの
わが心に潤いを与え
わが身を御身に献げる
花盗人を許されよ

ウランバートル

草原に寝ころぶ香わしい
天を仰ぐ
地を敲く
地球の生命に触れる
地球はマールイ
地球号に騎乗する
大きなマールイ生命体は
高く大きい天と
円い地が遠くで触れあっている
撓《たわ》やかな地平線の彼方に
向かい動くユルリユルリ

シーアン

なんだなんだ心の底から
感激が湧いてくる
ここチョウアンの昔に触れる
城壁に登れば子づれの売り子が近づき
ニホンゴで〈コレナントイウ〉と
〈センシ剪紙〉
嗚呼！　はるか西方に道は続いている
夜食に小包子五十種を食べていると
天上には半月
はるか故里《ナラ》をおもう

河口のごとく

1995.2.6

海辺ホテルの黄昏どきに歌う
曲がる橋梁の灯　ひとつふたつ
川の海　海の川　河口の流れは
波紋が重なり重なる
曲がる心に憂愁の勲章を飾る
　傷痍軍人の義足のごとく
曲がった河口の大波小波に
　鰻の稚魚を獲る漁師のごとく
破れた唄は乱れた夜の闇のなか
　新内流しの夫婦《みようと》のごとく

河口は世界と人間を混乱させる
暴流《ばる》のアーラヤ識のごとく

坐っている

1995.10.2

暑い夏の木漏れ日の
むこう側に
坐っている
　今年は暑かったネー

いつまでも続くいそがしさに
エポケーの神さまの
坐っている

僕の年頃よりはるかに若い人が

「白樺」の復刻本を手にして
電車の座席に坐っている

なつかしい人と会い
かわらない仕事ぶりに
静かなここＫ図書館
司書は変わらず坐っている

キナクサイ世紀末

1996.6.6

キナクサイ世紀末に
こんな時代に
女房と子供ふたりに猫一匹
と暮らせるのが
ただ嬉しい

キナクサイ世紀末に
こんな時代に
ハカタとチバとコウチ
から友だちが来るのが
ただ嬉しい

コンナ世紀末にも
紫蘭は咲き
萱草の花が開き
虎の尾が天にむかうのが
ただ嬉しい

キナクサイ世紀末は
阪神淡路大震災に
地下鉄サリン事件
天災に人災
一九九六年早々の想いはめぐる

ショートを起こしている地軸に
もたれかかる人間オレらの世紀末

汐留駅舎跡の思い出に

1996.9.10

汐留駅舎跡の広っぱに
神社がのこり
コンクリの壁がのこり
ちっぽけな森がのこされ
雀のお宿がのこされ
群がる雀は銀座に飛び立つ
どうやら発掘現場であるらしい

汐留駅舎跡の原っぱに
夏草がはびこり

鎮守の森はのこされ
大きな水溜りができていた

汐留駅舎跡の広っぱで
詩人とキャッチボールをした
あれは幻の夏
俺の学生時代の終わり

いま汐留駅舎跡は素晴らしい雑草の
群生する思い出とともに
生の生半可な跡が幻景となる

耳順のとき

2003.2.7

道玄坂でドウゲンさんとテラダ先生に出会い
「あきらかに知りぬ　心とは山河大地なり
　日月星辰なり」と呟かれた
昼下りにシブヤ湖が満ちるころ
潮の引きぎわに
われらの青き日は去った
オレはすでに耳順すぎ
孫の手借り度い孫生まれ　未だ
山河大地日月星辰を捜す
旅の日々に　ひとまわりの人生に

トボトボと再出発のとき
遠くのほうで声がする

中空を歩む

2005.4.2

あんたはいつもふわふわ
　歩いていやはる
まるで中空を歩いてるみたいや

ぼんはいつもぼけっと
　まえばっかり向いていやはる
まるで中空に住んでいやはるみたいや

おまんはいつもきっぱりせんな
　中途半端な御人《おひと》や

まるで中空に浮かんでるみたいぞ

きみはまるでまったく
　わけの判らない馬牛子や
まるで中空に坐っているようだ

中空をトボケテ歩く
　夢を見すぎて
己れの影を見つづけて

雪の姫神線

2006.2.10

野の駅をコムデギャルソンのバッグを持つ少女が降り　曲がりに曲がる単線はつづく　姫路発津山ゆき　車内には祖母と孫娘が弁当をひらき　トンネルのむこう美作は吹雪がすさまじい　〈東雲篩雪〉に突き走る列車は動かず　やがて吹雪の隙間ににぶい太陽が顔をだし　曲がりに曲がる単線　たたかれ走る姫神線の二両車輌　蜩に裏山をみつけたひとの故里に近づく　だが車輌は雪の姫神線上で停止

したまま近づきそうで近づかない　なにかを把めそうで把めない　雪のなかのなにものか

とぼけてひとりの山越え

2010.10.10

一

山越え
峡谷越え
走る列車はわれをのせ
南の国にむかうのに
なにやら急に空が暗い

二

なんの木　なんの樹
赤に黄に染まる
秋たけなわの

山越え

三
なんの山なの
人家が急斜面にはりつく
なんたる人間の営み
生が傾斜する
人は傾く

四
何のため　何を希んで
人は旅をするのか
人生というたびはつづいて
いる　とぼけてひとりの
山越え

〈谷〉行き

2011.2.6

タブの森が海に突きだす
走水から観音崎
カミとホトケが突きだす
岬歩きに蟹歩き
釣人のやけに大きな帽子
のむこう
下総の半島はたらりと横たわり
海に突っこむ〈谷〉《ヴァリーズ》行きに
心はしびれているばかり

草木花抄　俳句篇　1993—2011

春

繁縷《ハコベラ》の萌えたつ春の早さかな

仏座《ホトケノザ》やさしくえみて去りにけり

なんたるか大犬陰嚢《オオイヌノフグリ》に地上は青

スズメノカタビラ
踏んづけた雀帷子なお元気

フキノトウ
蕗の薹落葉払いて瑞々し

カタクリ
神隠し秩父谷間片栗の花

ウメ
あさぼらけ白梅墨画謝春星

サンシュウ
三匹の黒猫ねむる山茱萸の黄

クロッカス
花泊夫藍春の大気を突き上げて

ヒヤシンス
そらにくも碧紫の風信子

バイモ
とかくして貝母の草花謎をかけ

ショカツサイ
花大根むらさきはなな諸葛菜

ゲンゲ
ほれ遊べ紫雲英畑に山笑う

宇宙《ヒナギク》から遊び帰りや雛菊《ディジー》の花
黄水仙《キズイセン》娘は十六になりにけり
立金花《リュウキンカ》楕円形の草いきれ
土筆《ツクシ》摘むはや杉菜《スギナ》もつんつんと
ほんにまあ蕨薇《ワラビ　ゼンマイ》はるをまく

シュンラン
春蘭や都会の空はぐずついて

スイバ
野原ゆくすかんぽ酸葉少年の日

イタドリ
弁柄文いきな虎杖ことしこそ

シラユキゲシ
しずかなひ白雪罌粟のうかんでる

ツバキ
白椿を玉椿とよぶ古人かな

藪椿《ヤブツバキ》やまのむこうは大海原

八重椿《ヤエツバキ》その名も光源氏かな

辛夷《コブシ》はや中空かけてゆらりゆら

紫に身をつつみてや木蓮《モクレン》の花

「ほう」とする白木蓮《ハクモクレン》のつぼみほう

水ぬるむ連翹《レンギョウ》の花枝はしりだし
春告げる土佐水木《トサミズキ》に佶屈す
あれもまた花というのか榛《ハシバミ》の
山椒《サンショウ》の若芽をつみてあら日常
珍だねえ銀座通りに三椏《ミツマタ》の花

柳《ヤナギ》に芽ふっと緑にかたむいて

下萌《シタモエ》や地揺れ家揺れ身体揺れ

蒲公英《タンポポ》の黄に彷徨うて父子かな

勿忘草《ワスレナグサ》雨のち晴のうわの空

苧環《オダマキ》になにやら嬉しい話《こと》のある

ミヤコワスレ
都忘ひなもわすれて朧月

ナノハナ
菜の花や鯨の泳ぐ海にでて

ネギボウズ
諸手あげ両手をあげて葱坊主

スミレ
縁石をはしる子供に菫草

タチツボスミレ
ほれ路次にほれ道端に立壺菫

翁草《オキナグサ》ちかごろ元気な老夫婦

桜草《サクラソウ》佳人の夢にさきにけり

西洋《プリムラ》のパステルカラー桜草（セイヨウサクラソウ）

中空に金魚草《キンギョソウ》の立泳ぎ

白詰草《シロツメグサ》よつばさがしに土手つつみ

あれがそう狐牡丹《キツネノボタン》よ火傷花

首かしげあちらこちらに春紫苑《ハルジオン》

母子草《ハハコグサ》ついで父子草《チチコグサ》の懐しさ

ペンペン草《ナズナ》ガラガラ草に薺かな

花薊《アザミ》刺々しくも半眼微笑

今宵こそ狐薊《キツネアザミ》のひとりごと

菩薩なに雀鉄砲《スズメノテッポウ》ピーピー草

足元に紫華鬘《ムラサキケマン》のしたたりて

風透る芹葉飛燕草《セリバヒエンソウ》儚げに

藪虱《ヤブジラミ》ズボンにつけてかけまわり

等閑に小さく可愛いく常磐爆米《トキワハゼ》
曖昧に紫鷺苔《ムラサキサギゴケ》のはうあたり
垣つたう蔦葉海蘭《ツタバウンラン》塀つたう
日々新た常磐露草《トキワツユクサ》ふるい家
いちめんに鬼田平子《オニタビラコ》のたのしげな

ヘビイチゴ
土にむかう蛇苺のはな黄砂くる

ヨモギ
蓬摘み母と娘の旧き事

ハナ
花見する転寝する夢見する

ヤマサクラ
山里に又兵衛桜のおおらかさ

ナラノヤエザクラ
旧版の奈良八重桜牧野図鑑

ハナミズキ
花水木ほほ紅らめてうきうきと

アセビ
さやさやと馬酔木はなさく小道ゆく

ドウダン
満天星や地面を照らす蚯蚓鳴く

キリシマツツジ
古屋敷霧島躑躅に石燈籠

ヤマブキ
山吹や振り残したる二ツ三ツ

犬吠えて昨年の夢は桃《モモ》の里

巴里ッ子は梅が咲いたと木瓜《ボケ》の花

枸橘《カラタチ》の花のごときか人の妻

ひとむらの鈴蘭水仙《スノーフレーク（スズランスイセン）》りんりんと

鬱金香《チューリップ》なんたる難解な文字開く

篝火花《シクラメン》こくびかしげて鉢の中

花韮《ハナニラ》や紺屋の主人の昼寝どき

片隅の台地をのがす畑韮《ハタケニラ》

八幡さん独活《ウド》が名物その昔

思い出す典雅な草藤《クサフジ》は初瀬川

夏

夕風にすこしふれたり紫蘭《シラン》かな

ぱっとほれ明るく楽しく姫女苑《ヒメジョオン》

夕闇に姫踊子草《ヒメオドリコソウ》のほのあかり

踊子草《オドリコソウ》みやこをかける初夏の風

あっ見《トウバナ》つけた余りにちいさな塔の花

胡蝶《シャガ》舞う著莪の花に佇まい

立浪草《タツナミソウ》海路はるかな響きあり

鈴蘭《スズラン》や北東向く忘却はせず

アジュガ（セイヨウキランソウ）
西洋の紫たちて金瘡小草

カタバミ
傍食をみている猫の母子かな

ムラサキカタバミ
紫の傍食みている母娘

オオバコ
ひきぬいて草相撲いざ車前草の花

ゲンノショウコ
横にはいかがんで開く現証拠

どこでまく烏野豌豆《カラスノエンドウ》宙にまく

下池の狐提灯《キツネノチョウチン》ほれそこに

捩花《ネジリバナ》ねじれるままに天を指し

李太郎青菅《アオスゲ》写す戦時日記

小天を左右について犬芥子《イヌガラシ》

ナノハナノサヤ
菜の花の莢のびのびと日は西に

チガヤ
鈍色の茅の花のび上池の

バクシュウ
麦秋や耳成山の大和棟

イヌムギノアキ
犬麦も街角に告げる麦の秋

タケノアキ
はらはらとまたはらはらと竹の秋

ササユリ

笹百合に御神酒もそなえ三枝祭

サツキツツジ

前栽や皐月躑躅と石配《いしくばり》

ハナイバラ

お出かけの娘みおくる花茨

キリノハナ

山奥のどこでみたのか桐の花

トチノハナ

仰ぎみる栃の大木に花のたつ

天空に百合の木の花《ユリノキノハナ》遊びごと

水木の花《ミズキノハナ》悠々閑々中空に

西にむく忍冬《スイカズラ》の花右にまく

緑陰《リョクイン》や無著世親の才槌頭

薔薇《バラ》を剪る時は覚めたり目覚めたり

襖絵に牡丹《ボタン》は王者のごとく咲き

雛罌粟《ヒナゲシ》や軽やかなほどに人を恋う

我心或時長身雛罌粟《ナガミノヒナゲシ》坊主

矢車菊《ヤグルマギク》ほぼ中空にほぼ愉快

澤瀉《オモダカ》や葉のびのびと飛鳥の里

ヒルガオ
雲動く往ききはげしく昼顔の日

ユリズイセン
おもはゆい葉柄をねじる百合水仙

トラノオ
跳ねて天虎尾草ふらり西をむく

ナツギク
昼下がり葉渡り蜥蜴夏菊を

ドクダミ
蕺草や白十字花咲く昼くらし

ブタクサ　ギシギシ
引込線錆びたレールに豚草羊蹄

コバンソウ
古くても若々しくも小判草

クサノオウ
草の黄ものうげにあり野草園

ヤエムグラ
八重葎宗達光琳屏風の主

ウツボグサ
猫の墓縦横無尽の靭草

ノボロギク
野襤褸菊とは聞こえませぬと群をなし

ナギナタガヤ
またの名はねずみのしっぽ薙刀茅

ホタルブクロ
蜂たちのでいりいそがし蛍袋

クチナシ
夕立や梔子の花その白さ

コケノハナ
静かな日苔の花の音のする

アジサイ

紫陽花や清方描く鏡花全集

ガクアジサイ

梅雨はれま額紫陽花に水を打つ

タチアオイ

晴天に気持よく背伸び立葵

ユキノシタ

梟の声聞く夜や虎耳草

キンシバイ

梅雨曇り金糸梅の黄麗々し

はらほろり南天の花《ナンテンノハナ》六月の空

百日紅《サルスベリ》ひとけもなくて炎天日

掩体壕夏草《ナツグサ》しげり年流れ

青梅《アオウメ》二果はむらがくれに青光り

楊梅《ヤマモモ》やそよ吹く南風の道

枇杷《ビワ》たわわご近所さんのおすそわけ
撫子《ナデシコ》や二三輪さき風動き
溜池にぷかり布袋の葵《ホテイアオイ》花
あの在所松葉牡丹《マツバボタン》が照りつけて
名宣らばや屁糞蔓《ヘクソカズラ》の花盛り

萱草《カンゾウ》に仁淀の川辺ちぎれ雲

いまどきは蚊帳吊草《カヤツリグサ》は出番に

切り均す空地占領す竹似草《タケニグサ》

藺《イ》の花や池に漣ひたひたと

群がりて小さな世間草の藺《クサイ》

はじけてる米花蘭《ハゼラン》こぼれ道半ば

夕まぐれ烏瓜の花《カラスウリノハナ》あらら不思議

滑莧《スベリヒユ》まひるのやみの空蟬の

幕末の月見草《ツキミソウ》雲停博物画

蘆《アシ》の池おもわずわらう蒲《ガマ》の花

中空にふんわりふわり山法師《ヤマボウシ》

搦みつく凌霄花《ノウゼンカズラ》の暑さかな

伊賀越の合歓木《ネムノキ》の道幻の

小向日葵《コヒマワリ》ほどの顔にみつめられ

蓮《ハス》の花ほんのり明ける南都の空

紫蘇《シソ》の香やどこかに青の生きている

秋

ざわざわと藤袴《フジバカマ》のおもいどき

葛の花《クズノハナ》狐恋する葉音する

紫のぽんとひらいて桔梗《キキョウ》かな

女郎花《オミナエシ》ゆかしくさびしく横顔を

禊萩《ミソハギ》や今年も彼岸に此岸かな

木漏れ日に水引草《ミズヒキソウ》点点点点

露草《ツユクサ》や青紫は命なりけり

手足のばす紫露草《ムラサキツユクサ》径の朝

なかなかに手強い刺に悪茄子《ワルナスビ》
赤まんま《アカマンマ》昔の友が訪ねきて
虫食い葉みあげてごらん蓼《ハナタデ》の空
遠くまで岸辺の秋は柳蓼《ヤナギタデ》
どこまでも雀槍《スズメノヤリ》のならんでる

ミゾソバ
たわやかに溝蕎麦の花やまとおし
ママコノシリヌグイ
小可愛ゆい継子尻拭い金平糖
キツネノマゴ
ふっと足もと狐孫のとぼけ尻尾
ハキダメノギク
なんとまあ掃き溜めに菊とまあ
メヒシバ　オヒシバ
三方の小天にのびのび雌日芝雄日芝

君知るや茗荷の花《ミョウガノハナ》のうつくしさ

蘡薁《エビヅル》の実野葡萄《ノブドウ》の実渋い空

想いめぐり池をめぐりて酔芙蓉《スイフヨウ》

底紅《そこべに》の木槿《ムクゲ》の花に日を追うて

朝顔《アサガオ》や登校生にご挨拶

ホウセンカ
海山にはじけトビシャゴ鳳仙花

ベンケイソウ
名にしおう弁慶草の優姿

シュウカイドウ
秋海棠もう降りそうな雲の影

オオケタデ
初孫と背丈競べや大毛蓼

ユウガオ
夕顔や妖しく白い闇の面《つら》

草深しこもれがくれに藪茗荷《ヤブミョウガ》

秋草《アキグサ》の音聞いて眠るは豪奢なり

木賊《トクサ》砥草リズミカルな合奏団

風草《カゼクサ》やそこにもここにも小天地

それ確か誰が名づけた縮笹《チヂミザサ》

乱暴に力芝《チカラシバ》抜くそれ位相

「青天のへきれきの如《ごと》」庭埃《ニワホコリ》

れんげ畑いつのまにやら蕎麦の花《ソバノハナ》

杜鵑草《ホトトギス》風の曲りを咲きにけり

曼珠沙華《マンジュシャゲ》出水のあとの土手の秋

鳥兜《トリカブト》怖ろし美くし変わり兜

地蔵盆遊ぶ子供に藍の花《アイノハナ》

鯛も鳴き終えて見よ芙蓉の実《フヨウノミ》

石垣に秋かけのぼる蔦《ツタ》紅葉

ぷらぷらと通草《アケビ》のときわに子供かな

コスモス
秋桜や雲をわすれて空の青

ホオズキ
鬼灯や陶然として色気づく

シオン
則天や紫苑を活ける祥雲堂

フウセンカズラ
天高く肥り気味なる風船葛

ヤリケイトウ
子規庵の槍鶏頭の先っぽの秋

ハゲイトウ
帰去来《かえりなん》葉鶏頭のあの町へ

バショウ
よき人の家に芭蕉葉ふさふさと

オシロイバナ
白粉花むかし女の子むかし男の子

シュウメイギク
天高く秀明菊に透脱す

サガギク
嵯峨菊やすっくとたちたる香かな

キク
菊人形なんとも笑う思い出が

ムカゴ
うれしさに身を丸くして零余子かな

イヌビワ
犬枇杷や小さな果実は天仙果

シロヤマブキノミ
不言不語実山吹に光あり

シイ
騒がしい椋鳥の木椎の沈黙

吾亦紅《ワレモコウ》両手ひろげて河原ゆく

なにおもう数珠玉《ジュズダマ》ずずご立ちつくし

烏瓜《カラスウリ》やぶのむこうに人の住む

山芋《ヤマノイモ》に鬼野老《オニドコロ》につる上昇志向

吉祥草《キチジョウソウ》なにかよいことうふゝゝゝ

ススキ
秋は月薄に団子読書かな

エノコログサ
狗尾草かぜにふかれて猫じゃらし

イノコズチ
草叢にほらまたくっついた猪子槌

サフラン
泊夫藍の球根の大きさ花の小ささ

モミジ
古社訪う人もなく紅葉狩

トウカエデ

翅あれば飛べとべとおく唐楓

カツラ

秋天に一本の桂黄葉す

ハゼ

黄櫨紅葉小盆のなかの秋景色

イチョウ

街道の銀杏黄葉黄金の朝

ビナンカズラ

艶々と美男蔓は葉隠れに

ギンモクセイ
故里はいずこにもあり銀木犀

ハギ
宵のまち萩さきこぼれひとをまつ

ナンキンハゼノミ
南大門南京黄櫨の実しろかたく

ナンテンノミ
夢殿に実南天の想いあり

スズカケノミ
若き血に鈴懸の実ぶらりんこん

棟《オウチノミ》の実ぱらばらころり堤街道
赤磁あれば梔子《クチナシノミ》の実よい色合い
萬年青《オモト》の実陋屋の年月流れたり
柿《カキ》三つアイアイアイと存在す
榠櫨《カリン》の実堅く賢く造型す

何笑う昼の月光金柑《キンカン》の実

頂上に犬神おわす胡桃《クルミ》の木

団栗《ドングリ》や白樫小楢まてば椎

前栽の槇《マキ》の木の実や想思鼠《そうしねず》

ここもまた武蔵野台地樫《カシ》欅《ケヤキ》

冬

小茄子《コナスビ》や小春日和のたれさがり

石蕗《ツワブキ》や座禅の庭の朝早き

山茶花《サザンカ》や「天寒自愛」と書き下ろす

チャノキ
山の辺の泥屋のねきの茶の木かな

ヒイラギ
戸口には柊の葉に鰯頭

マユミノミ
真弓の実玩具のごとき家並ぶ

カンアオイ
在原の小祠のまえの寒葵

カンラン
寒蘭や腰のあたりの夜寒かな

年越えて風信子の球根《たま》《ヒヤシンスノタマ》丸々と

冬薔薇《フユソウビ》一輪開き世界起き

枯芙蓉《カレフヨウ》なんだかんだと冬支度

枯菊《カレギク》や今年もつまり大晦日

楪葉《ユズリハ》の楕円みながら年を越え

ユリノキノミ

百合の木の実の立ち枯れて木端仏

ウラジロ

裏白をしいて正月迎えけり

シダ

太古から如斯《かくのごとき》か歯朶群れる

カンスゲ

冬日や寒菅ひとむれ青々と

ハボタン

年の始め葉牡丹の葉あかねさす

水仙《スイセン》や天平美人の香りかな

とかくして狭庭のひかり福寿草《フクジュソウ》

藪柑子《ヤブコウジ》寅日子旧庭小春日和

鵯や仙蓼《センリョウ》の実啄みて

鵯や万両《マンリョウ》の実も啄みて

リュウノヒゲノミ
龍の鬚瑠璃玉ひかる深々と

ロウバイ
臘梅や破顔皆笑雪の翌日

アオキノミ
猿引や斑入り青木の実の赫さ

ワビスケ
冬籠り侘助活けて障子しめ

フユツバキ
心あれば天に落ちよ冬椿

ダイダイ

国中《くんなか》を見わたす橙ゆったりと

中空抄　後詩篇

2011—2021

心よ鎮まれ——羽田空港ロビーにて

2011.4.24

夕焼け空がドス黒い
ビルの頭にかかる
上空は黒く厚い雲の円盤
ビルのむこうは
東北
地震と津波に襲われた大地
への想いがつのる
天ノ災ニ　オロオロする
ひとりのデクノボウ

それでも飛行機は飛びたち
ああ！
ドス青黒い空の下のある
ビルのむこう
明日は晴れますように
われらが起こす躓きは
ゲンパツ
イラダチ　ハラダチ
心よ鎮まれ天を仰いで

告知（らしい）雲

2011.4.30

一

大和盆地に雲かかる
暗い雲だが明るい
僕の心持を映す雲
太陽の道を覆い
ゆっくりと動く
そのゆっくりさのなかに
ナニモノかの声がする

阿波礼《あはれ》

阿那於茂志呂《あなおもしろ》
阿那多能志《あなたのし》
阿那佐夜憩《あなさやけ》
飫憩《おけ》

声に導かれ厚く暗い雲を見上げる

二

暗雲は東と北にむかった雲
明るくて暗い雲
ぼくは視ていた
走る雲　急瀑する雲　跳り上がる雲
が東上するのを
あの雲は予兆
何もかもが落下する前ぶれ

行先の告知
東北へむかう雲たち
明るく暗い雲はぼくたち
告知（らしい）雲

五月を唸る

2011.5.25

五月は緑たち
椿の葉にねっとりと照る光
山帽子に四弁の白花
雀鉄砲が穂をたれ
　おお！　五月
恋人たちは犬をつれ
野良猫に歯ぎしりし
鴨は北に飛んでいった
水面をひらりと飛ぶ燕

五月の池は漣が柔らかく

水面は緑を映し
赤ん坊に歯がはえ
ミューの声がする

3・11から二ヶ月たった
すべては事無しの如くに
青葉は緑に繁り
空高く薄ら青い彼方
ぼくらは東北にむかい
ただ頭をたれるだけだ
すべては事なくなのか
季節は移ろうのか
回転する地球を畏れながらの想い
静かに五月を唸《うな》る

真夏の真昼に見る夢

2011.8.3

真夏の真昼に見る夢は
入道雲は天才で
前を横切る飛行機を
つまんで揺らす
山水画らしい

真夏の真昼に見る夢は
むすんでひらいた孫の手の
つけ根あたりに羽がはえ
天使となってむかえにくる

クレーのあの天使らしい

真夏の真昼に見る夢は
百日紅のその紅が
四方八方に散り去って
里の小川にたどりつき
児童画らしい

真夏の真昼に見る夢は
原爆原発を原っぱに
棄てるのは禁止の立札
イラストらしい

真夏の真昼に見る夢は
宇宙に見離された

地球は迷いながら回転する
かの詩人の顔に似るらしい

中空に

2011.10.1

中空に宙づりされた生と死
生に懶《ものう》く
死に畏れ
ぼくはただただ
宙ぶらり

中空にはじける君
君という僕にはじけ
ころがりまわり
中空高く

浮きに浮く

恋人たちは右往左往
どこに住むやら住まぬやら
中空をぶっ飛ばす

あほうほうけて
ばかづらさげて
なんにもおもわず
中空に
　ああ!　中空の虚なる
　ああ!　中空の無なる
物を思うかな　うき物を思う

そして一年が経った

2012.3.11

山笑い　山滴る　山粧い　山眠る
　そして一年が経った
その日　その時　その場　その人
　そして一年が経った
誰と　誰が　どうして　どうとやら
　そして一年が経った

一年は一本の縦の線
一年は一本の竹藪の中
ひとは歩み　つまずき　ころげ

ああ！　あのあの　おおなゐ　なゐ
ああ！　あのあの　大地震　地震
どなたが何を求めているのですか
あのかたは何を求めておられるのですか

考えよう

2012.3.12

三月は残酷な月旦
　グズグズと
音が震える日常
落ちつきのない日常
心の定まらない
魂が動乱する
おお！　三月
またも十一日
　グズグズグズと
落ちるゾー

落ちるゾー
身も心も
黄濁する世間へ
ガレキのある光景に
〈しばし普請は待たれい〉
立ちどまり頭をたれて
　グズグズグズグズと
考えよう

あいだとも

2012.4.9

海山のあいだ
大地のあいだ
心身のあいだ
　このあいだ
年月のあいだ
男女のあいだ
親子のあいだ
　ちのあいだ
　こないだ
ないだ

　とはなんだ

唄のかけら
　を摘《っ》む
唄のかけら
　を塡《はめ》む
唄のかけら
　を蝕《むしば》む

スッポリとて
草むぐら
浮かれ浮きたち
こともなく
ムームームー
中空にムームームー

モノミナト　何言をばと
ヤケノカワラニ　問うなかれ
アナヤロウ　　桜花

ムックリは

2012.4.12

＊

ムックリは始めもない終わりもない無い
ものが有るという不思議な丘陵を見てし
まうひとは早やヨミの白詰草に四ツ葉を
求めて生きる運命に羊は狂い立ちあがる
図は洞窟に交信するクロマニヨン人を見
つけたショーヴェが身に落りかかるひと
房のぶどうのたねを撒布する仮面舞りの
エゾノキツネアザミを見守るヤマトグサ

＊＊

ムックリの音する影に透す光のにぶさに
誰もが在ると僧の大愚《おおおろ》かに誘われながら
ひとの道それた球が激しく衝突する鏡の
八方にらみにつけこむ型紙の厳しい線跡
トウテツ文にアイヌ文似てたり不合理に
巨石巨木どだい大きな穴ぼこ掘りの作法
に精通するジョウモン人の顔と顔とかに
は明らかに知る遅れてきた若者だろうと
セイタカアワダチソウを見るスミレグサ

Ｉ・Ｗの木

2012.10.10

善福寺下池に大きな一本の百合ノ木がたつ　垂直にたち背高く気高い　青空の中心で雲と語らい〔天上大風〕と遊ぶ

池ごし木立のむこう　百合ノ木を観察する　袢纏形の葉を拾う　芳香する花が咲く百合ノ木の百合ノ花を拾う

善福寺下池のむこう　百合ノ木はＩ・Ｗの木となる　新作発表は百合樹銅葉五十二枚　群生棚　木片軸　夢窓奮庭　散犬歩間　椋鳥逓信　と夢想は続いた

3・11後　不可知な作品の出現はパタリと止んだ　それはそれは　ショーヴェ洞窟壁画の優美な野生馬　生と死と愛は飛躍する
かの人よ〔とう　とう　とう〕と仕事を再起動されてくれい

言ノ葉は落ちる

2012.10.20

言ノ葉っぱがバラバラ落ち
言ノ葉っぱがハラハラ落ち
心ノ葉っぱもポロポロ落ちる
くやしいけれど　ああ！　どうでもしろ
落ちる落ちる葉は落ち
中空で舞いクルクル舞い　永久《とわ》を舞う
とは軽い言ノ葉であることよ

*

射影幾何学の精神はまっすぐ立たず

*

寒さに震えて　暑さに負けて
屈伸する精神のはかない行方
を見とどける軽薄な言ノ葉片
がフラリフラリと落ちました

国中の人

2013.4.5

国中《くんなか》の人　国中の人
いづこへや行く
春の野遊び桜見に
秋の山遊び紅葉狩に
かの妹背《いもせ》と輪をなして
いづこへ行きたもう
　チロチロチロリと地虫の音
　チンチンチロリと虫が鳴く

国中の人　国中の人

なにをおもうて生きるらん
太陽が三輪山にのぼり
太陽は二上山におちる
ひらひらと太陽の道を
月は早足に過ぎ
狭井神社ちかくの檜原社にかかり
わが旧い家脇の笠縫邑をすぎ
當麻をとおりドンズルボーに落ちる
　ナムアミダブツの声がする
　ナンマイダの胴間声《どうまごえ》がする

国中の人　国中の人
なにをもの思いに耽けている
日月はとく過ぎ齢を喰い
吉野の山びとは見下ろし

奈良の都びとは見上げ
はや日は夕暮
国中の人の憩いどき
愁いつつ時はすぎ黄昏に
曖昧な思いがのろりのろりと生れる
　ゲロゲロゲロと蛙の声がする
グワグワグワとも鳴いている

ふたりの詩人去り

2013.8.20—11.29

一

〈他人の空〉の
詩人は去りぬ
〈ウシオギクボの詩人〉は去り
　君さん参る中空に
気前よい歩行
サッと雨ふる
去ってゆく本物の詩人

二

詩人またひとり去り
中空はさびしげに
〈もの総て　変り行く　音もなく
　思索せよ　旅に出よ　ただ一人
　鈴あらば　鈴鳴らせ　りん凜と〉
　秋立つ信州に紅葉の山をただ見る
絶対の断層にたちむかうミジンコの大きさ
を眼にしたあの青空の日
東北の影が幾層に流動するニオイツツジの木枝
が中空に停まる原則を思索し
　悲哀の通過点を
　海猫の牙が放置
　する範囲の不在
ああ!　あの青を把えた
詩人は去ってしまった

そうだろう

2014.2.27

おお！　見つけたよ〈こころ〉を
厚ぼったい無明のなかに鼓動し打ち震えるもの
ずっしりとした無限のなかに波動し打ち震えるもの
〈内臓された宇宙のリズム〉
なんたる場所に在る不思議な生きているモノ
死者の書を読む老体に生きるモノ
ぼくは六度目の羊の年を生きるモノ
ああ！　なんたる不可思議
時間と空間の間に胞衣《えな》された生
母なる体内から飛びだした筈が

母なる在所を求め
妣なる地平をさまよい
信太妻めぐり
なあ　そうだろう　そうだろう

誕生

2014.6.3

白山吹の花が散るころ
山梔子《くちなし》の白く白い花咲き
南天に小花白くこぼれ
蕺草《どくだみ》十薬の苞花は白十字
卯の花も白々と
山法師は白く浮き浮き
白百合が大柄に咲く
梅雨を呼ぶ紫陽花に白が散り
　ぼくらの気持はゆっくり移り
生死を思うたアレから三年移り

三日には孫の男の子が生まれ
樹と書いて〈いつき〉と読むと名づけられ
樹君は手足を動かし
孫娘の女の子ふたり那歩紗帆につつかれる
季節は移り　人は生まれる
今年の初春には万年青《オモト》が赤い実をつけた

「東ノ空」を見た

2014.10.1

朝起き東ノ空を撮る男あり
昔男の都鳥歌人の末裔と称する
東ノ空　低い屋根の上空
東ノ空　急ぐ雲たち
白と黒に捕えた東ノ空ノ雲
アラーキー「東ノ空」に祈り

東の空　雲は東へ
ぼくらの視座はただ東北にむき
3・11は地軸を狂わせ
視界を狂わせ

生を狂わせ
ぼくらは東北を祈り
東方浄土を願い　往生を願う
畏るべし　空には足早な雲が東北へ
ぼくらの畏れを載せて飛ぶ
白黒の雲は全力で東へむかい
言ノ葉ッパは散々に東にむかい
東雲は凍れる雲
ただ畏れよ
むきだしの〈こころ〉に

詩学は判らない

2016.2.19

詩学は判らないでしょうと学匠詩人に教えを受けた
詩は棒っ切れ
日月尽しの棒っ切れ
デイジーを描けない
のがくやしくて
叫んで落下物となり
詩学の空間にまぎれこむ
たそがれて人は
板前の巫祝《ふしゅく》になり度い
と優雅な放物線を描く

詩学は判らない
詩は愛しい棒っ切れ
木端の詩を振りまわし
手足の棒っ切れを振りまわし
俺はデクノ棒っ切れ

拾遺抄

2016.6.28

ナヰヨ

ナヰ　オロチ　バラ　バケ　フルル
エナナ　コロクキ　シラバラ　バラ
カト　バケ　ココロ　ゴバシリヌラ
ウム　サス　オカシ　ゴロリ　サス
アナ　ワツレ　シタ　バミ　バラン
ヒヒト　クワンナ　トトミ　セルベ
クニ　クバ　ダラン　トツトツバミ
ドロリ　アキサ　ツラツカ　ナヰヨ

なゐ　ふり

すい　くわ　ふう　がい
おお　なゐ　ふり　たつ
ぐら　くら　まて　ます
むく　かた　いわ　くら
くぢ　んと　ひな　ばけ
ちい　とう　いか　なず
かな　しび　いと　ほし
ふる　ぶる　いつ　なゐ
やう　しば　たづ　みつ
めづ　あな　はべ　さた
こぞ　こち　うむ　うぬ
ぐら　りん　ころ　すて
あな　なと　こぼ　ごぼ
なろ　かう　べん　なと

（東日本大震災に言葉がちりぢりに散らばった。五年経ち「カタカナ文字」のひと塊と「ひらがな文字」のひと塊を収集して見て記述した。次にすこしだけ判る発語をカタカナ文字で記述してみた。たわいのない素朴なコトバだったが敢えて記した。）

ツナミ

アイ　アル　ツナミ　ヲバ　ヒツコヌキ
ヒツパガシ　アイ　ナキ　キバ　ムク
ソレ　キレ　バサリ　ドウ　ドウ　ナミ
ツナツナミ　ナミ　ナミ　ツウツウツウ
ト　ドコ　トオル　テイボウコワシ　イ
エコワシ　クルマナガシ　アノヅハ　マ

ボロシ　ガメンハマボロシ　ヤマタノオ
ロチ　ガ　アバレマワルヨ　シンワハイ
キテイルヨ　ヒガシキタ　キモン　ノ
チレイ　ガ　ウゴイテイル　カナメイシ
ヲ　ブツトバシ　チガズレ　ナマズガア
バレ　マワルヨ
ワガヤモグラグラ　トマルトコロシラズ
コワサレテシマウ　オシツブサレルヨ
タテニヨコニ　ユレルヨユレル　クワタ
ノツナミヲ　ハヤクケセ　ダッダッター

書物の洪水

2016.7.27

茫然と書物の洪水をながめたアノトキ
その場に今居る　またも書物の壁に取
り囲まれ　茫然と波立ちを覚え　ああ
この夏休みの取り違えた月旦評の無為
な日々

洪水の跡に生きる厳しさを痛痒しない
己が身を誰何する時に　分かれた粒状
の空間に浮かぶタマを彩る　ああなん
たる日々の泡沫なのだろう

散々に散れよ　書物たる物体の重力は
己のココロを刺す　躰に柔らかに触れ
離れ　書架に揃ぶモノたちが幽やかに
立ち現われては逃亡する　ああどこか
らくるのか　暗愁の彼方にある確固た
る霊たちを三方に散らしてくれヨー

後に生きる

2016.7.31

どこからか盆踊りの歌声が流れ着き
どこからか花火の雷音が流れ着き
　すべて事はなし
なにやら池の周りは犬の散歩の人盛り
なにやら懐中電灯を持つ集団が樹を照らす
はいつくばる蟬の幼虫に大騒ぎ
　すべて事もなし

蟬の孵化を見し人は美しきものを見し人
サンテンイチイチにあの津波を見た人は

美しきものの後を見し人　なにが可能かを
問う人
ヒトとシゼンのあいだについて考える
ヒトとシゼンの真実の姿を見つけだす
ほんとうの詩は在るのだと
ヒトはシゼンのほんのひとかけらだと知り
カミとミジンコのあいだに生かされていると知る
後に生きる人の可能性

ちびた旅の話

2016.11.17

「奥」に行こか行くまいかと問わず語り
に五年経ったああ三・一一はいつも頭上
にぶら下がるユラリユラリ目まい人まい
舞いまいつぶりとなるがよいブフワーン

東北新幹線盛岡駅で山田線に乗り替えア
レレ山田線は不通　先の台風で大被害が
起きていた　アレ以来ソンナ災害が起き
ていたとは　代替バスは閉伊川沿いに谿
に下り山に登り　流失した鉄道をみたり
晴天を仰いだり

宮古に着くと河口近い工場に立つ煙突を
捜した　立っている立っている　高い高
い煙突は三・一一を突き抜けて健在です
あなたに会いに来たのです　ただボォー
と見詰めつづけた
駅前に出た　蛇の目寿司屋で近海ものを
六貫食べつくした
田老や田老や　震災前に田老と出合う漁
師小屋のある海岸から漁船に乗った　リ
アス式三陸海岸はダイナミックで繊細な
崖つづき　ひたすら見詰めていました
船に伴走する海猫の鋭い目と会い浄土ヶ
浜まで
あの田老海岸が見えない　大防潮堤を大
津波は楽楽と超え破壊した　津波田老は

津波太郎オッソロシイ　〈学ぶ防災〉の
案内女性は工事中のおおがかりな大堤防
に立ち　海が見えないウンザリですと
然りウンザリです　工事のトラックばか
りが盛んに走っています　白詰草がコン
クリに咲いていました
三陸鉄道に乗り久慈ゆき　太平洋は青く
碧い大海原　静かな大きな海　海女ちゃ
んの久慈はポツンと駅舎だけでした　孫
の豹が〈二戸三戸八戸〉と地理の勉強で
言っていた八戸に向かいます　この辺が
アノ津波の北限だそうです　ヤナギダの
清光館はもうありません　体育会系学生
が泊まるホテルに女房とふたり泊りまし
た　翌日新幹線新八戸駅に行くと人気の

ない空っぽでした　イチョウカオリ人形
がたっていました
三・一一にちょっぴり触れていると思い
思い　センチなちびた旅の話《こと》でした　コ
ロコロリ

六月の終り

2017.6.28

市ヶ谷駅前の釣堀に
ひっくりかえしたビール箱が揃び
青味泥の外堀の一角に水が揺蕩う
釣糸をたれている男ひとり
浮子をながめながめ
ひとりごと
〈惑星を釣りあげるぞ〉
と微笑む
六月の終りの昼下がり
三島のひとを送る日

詩人は〈折々〉に〈遊星〉
を釣りあげた
跳ねる音がする
夕暮になっていた

つぶて　ぶつぶつ

2018.4.15

東北の詩人がこられて〈つぶて〉を聞いた
　つぶて　つぶやき
くもにのる　あの　つぶて
くろいくもにのる　つぶやく
　つぶて　ぶつぶつ

きみはみたか　とぶかたまり
どこから　とんでくるのか
どこへ　ゆくのか
　つぶて　ぶつぶつ

降り灌ぐ　不可知の雨
蹴り損ない　知識の欠片
天を仰いで　雲の彼方
　飛礫　撲つ撲つ

つぶらな　つぶて
かぜにふかれ　ふらりふう
　ひがしに　きたに
　　つぶて　ぶつぶつ
ぼくは東の空に黒く重い塊〈風雲〉を
看ていた

ヨシキリ

2018.5.7

ヨシキリの声を聞きたい
君とふたりしてヨシキリ
を聞きにいこう

ヨシキリ橋が掛かっていたころ
君が少年の日　ヨシキリの声を
聞いていた日　戦争に負けた頃
ほやほやの日常が生れていた頃
ヨシキリは鳴いていた
今　聞こえてくる鳥の囀りは

ヨシキリだと決めてしまおう
決して間違いはしないョ
ヨシキリの声の録音は
散髪屋の主人が持っている
ゼンプクジの上池と下池を
つなぐ小川に掛けられていた橋
ヨシキリ橋で聴いていた
百合の木立が風に吹かれていて
アシとヨシが揺れているのだもの
ギョギョシ　ギョウギョウシ

古い町の古い家の話

2019.7.15

一

大泣の雨ふる
瓦をたたく雨ふる
人の居ない時も
自然の営みは　このふるい町のこの古い家にも絶えず続いている
健気に古い町も生活をつづける
健気に古い家も建ちつづける
との想いは愛しさに沈む

二

キュビスムの御尻《おいど》振りふり
路地を行く女の子たち
古い町角に建つ地蔵さんの赤い前掛に
ピョッコリと御辞儀《おじぎ》して
昼下りの古い町を歩く
フォービスムの両手をふり振り
路地を行く男の子たち
古い町のまんなかに建つ御坊《ごぼう》さんの黄葉した銀杏に
ピョッコリと御辞儀《おじぎ》して
昼下りの古い町を歩く
との光景は愛しさに浮く

三

古い町の古い家の
あの陋屋

前栽の石組のあいだに
ひとつふたつみつ輝く萬年青
屋根にとりつく小手間《こでま》はんが
「よう光っとりまんな」
天から可笑しな声がとどいた
古い町の古い家の話《こと》

ちっぽけな旅の話

2019.9.15

再びの「奥」へ行こうと胸は落ちつかず
腹がすわらず足はそわそわ手はぶらり
彼の地にむかおう初恋のごと　彼の海に
むかおう初心のごと　レッスン・ツウと
ブフブワーン

東北新幹線は早くも仙台駅に着き石巻に
むかう　石巻は北上川の河口にグロテス
クな萬画館にちっぽけな正教会　あの大
津波で流失しなかったハリストスの小力

に目を瞠る
牡鹿半島の先っぽ鮎川まで横断するバス
に学生たちと乗り合う　幾つもの港町に
立ち寄り学生は居なくなり日がとっぷり
暮れる　バスを降りると出迎えはニュー
さか井主人に野生鹿の光る両目　翌朝起
床する窓外の真正面には金華山が楕円形
に浮かぶ　全身詩人のキンカザン部屋の
金華山を見通す窓ガラスに詩書画が雨滴
になっている　清々しいまたひとつの「奥」
の光景
鮎川は捕鯨港　アノ大津波に破られた階
段状の土手に残されてある町の一角旧成
源商店が「詩人の家」　リボーンアート
はいはせをの業にも似て　あれピシャリと

空耳に音を立てるは〈東ノ空〉の積乱雲
ではないかいな　ハマゴウ一枝を手に鮎
川港発石巻北上川港着に乗船　リアス式
三陸海岸の牡鹿半島南面斜め断層を見詰
めただ見詰めた　地球の列島の半島の傷
跡なのか　大陸棚の大きな身ぶるい地震
太古から繰り返される運動にわれらは震
える
〈東ノ空〉にほんの少し居て見て歩いて
触れただけ　ちっぽけな旅の話《こと》

（付）鮎川のいさなとりの大きな船を
見て想いが連れ出され四方に飛ぶ幕
末土佐の小龍描く大絵馬《捕鯨図》
はベラ青の海とザトウクジラの黒が

強い讃岐金比羅宮に奉納された安政
二年　生月島の〈鯨取り〉写生図は
江漢西遊日記安政八年　露伴『いさ
なとり』も生月島の勇魚捕り「浪湧き
風腥し」明治二四年　衣通郎姫歌う
〈いさな取り〉に万葉集〈鯨魚取〉は
海の枕詞だと　小学生のぼくは給食
に鯨肉を食べ小屋掛けで鯨ひげ絵を
買った　大学生のぼくは渋谷のくじ
ら屋で鯨料理を食べた　室戸金剛頂
寺には鯨供養塔が林立していた
ボォーンボォーンウィップウィップ

友と会う

2020.1.3

友と会う鮨酒を飲む
ああ　機嫌のよい時
友と会う鰒刺しを喰う
ああ　楽しいひと時
友と会う旧事を語る
ああ　懐しい時
友と会う残りの生を思う
ああ　芳わしい余生
　無形という友情の形が浮かんでくる
なんというのだ　あのフォームは

下手投げ　横手投げ　背面投げ
しゃきんと背筋をのばし
プレートにたち給え
友と再会できる日まで

余りの震え

2021.4.9

中空の震え
あわい判りますか
ねき判りますか
空っぽの虚ろのひらりの空間
中間項の中性分子の中川センセイの
まんなかではない
中位のひたるにほうと小さな響き
グラリグラリのその境
ああ　なんたるぬめり
こころの隙間に

デクノボウな身体の秘やかな揺れ
薄ら青い白っぽい心持ち
が気触れ　山触れ　揺らり
十年目の余りの震えに目覚め
コとロとナのひとつづきの日々に
ウィ　ゲップ　嚔《くさめ》ひとつ
ひとつづきの十年目の
余りの揺れ震え

あとがき

ふたつの詩集『鉛島』『ランボードー』を刊行してから四半世紀が経った。第三詩集『中空』は詩句集となった。

前篇詩と後篇詩のあいだには大きなクレバスが存在する。あの東日本大震災である。三・一一に遭遇し、それまで書き留めていた詩的なるものはバラバラに解体された、と思いながらも前詩篇として二十三篇を拾いだした。「歩行ノ原理」は大久保英治プロジェクトのパンフレット（高知県立美術館刊）に発表した。

後詩篇は三・一一の体験のあと詩的なるものの発語はできないのではないか、を試みた。そのあいだに敬愛する詩人・美術家や友人を多く亡くし、追悼のようなものも書いていた。「I・Wの木」は『14の胡桃の葉』（東京パブリッシングハウス刊）に納められた。

前篇詩「中空抄」と後篇詩「中空抄」のあいだに俳句篇として「草木花抄」を入れている。俳句の手習いは「天機会」にあった。故人となった諏訪優・安宅夏夫・井上輝夫・吉田武紀らに、渡辺隆次・吉増剛造・山口佳己・酒井忠康・井上孝雄・中嶋康夫らを連衆に旅と句会を開いていた。吉田さんがすべてコーディネートしてくれ、彼の死とともに終った。連衆の熊代弘法が『辮気通信』二〇〇二年号に「一九八二―一九九八　天機会の軌跡」に纏め、記録された。「枸橘の花のごときか人の妻　凬」は天機会（一九九八年四月十八日、武蔵嵐山平成楼）での兼題であった。発句のなかでも草木花への傾注は高知県立牧野植物園で牧野富太郎蒐集の厖大な植物画との出合い、わけても幕末明治初の関根雲停らのそれに感嘆したことにあった。土佐和紙と奈良墨に筆、中国製古硯・下川昭宣作硯ら文房四宝に恵まれて植物を描きはじめ、植物名を墨筆していたところを俳句に仕立てたら面白く、句と画が競いあうようにできた。草木花俳画と称して、いまでは七百枚をこえていて、すでに画廊で九度ばかり展示している。「草木花抄」は一草一木一花を一句にしぼり二百八十余首を選びだし、雑草を多く採った。「楊梅やそよ吹く南風の道」は『俳句朝日』一九九九年十一月号に掲載された。

俳句は身と心と言葉（詩語）を支えつづけてくれたと思っている。

コロナ下の善福寺公園に生る
新種ゼンプクジアザミの花咲
き妻啓子とふたりしてみる

丈高く出合う喜び秋薊　　風

第一詩集『鉛島』（挿画若林奮、一九九三）、第二詩集『ランポードー』（一九九四）ふたつはともに、書肆山田の鈴木一民・大泉史世の両氏にお世話になった。あれから二十七年も経ち再々度、詩句集『中空』も両氏のお世話になっている。心から御礼を申し上げたい。装画に「百合の木の実の立ち枯れて木端仏」の俳画・ユリノキの翼果を使ってもらった。どうも有難う。

二〇二一年十月　　鍵岡正謹

鍵岡正謹（かぎおかまさのり）

一九四三年生れ。

詩集
『鉛島』（一九九三年・書肆山田）
『ランポードー』（一九九四年・書肆山田）

連絡先　一六七—〇〇四一　東京都杉並区善福寺一—二三—二二

中空＊著者鍵岡正謹＊発行二〇二二年一月一五日初版第一刷＊装画著者＊発行者鈴木一民発行所書肆山田東京都豊島区南池袋二-八-五-三〇一電話〇三-三九八八―七四六七＊印刷精密印刷ターゲット石塚印刷製本日進堂製本＊ISBN九七八-四-八六七二五-〇二三-五